mat. —20

Collection folio benjamin

D0724525

Pour Jason, Nancy et Janet.

ISBN-2-07-039057-8
Titre original: Wake up bear... It's Christmas!
Première publication: William Morrow & Company, Inc. New York.
© Stephen Gammell 1981, pour le texte et les illustrations.
© Editions Gallimard 1982, pour l'édition française.
1er dépôt légal: Septembre 1982
Dépôt légal: Fevrier 1985
Numéro d'édition: 34960
Imprimé en Italie.

Réveille-toi... c'est Noël!

texte et illustrations
de Stephen Gammell

traduit par
Laurence Modet

Gallimard

Les dernières feuilles roussies de l'automne tombaient et Grizzli marchait d'un bon pas à travers le bois. Les feuilles mortes crissaient sous ses grosses pattes de velours.

Il s'en retournait chez lui pour hiberner, mais il avait pourtant l'impression qu'il allait se passer quelque chose d'extraordinaire.

« Oh oui ! J'ai une idée ! s'écria-t-il au seuil de sa porte. Cela fait longtemps que j'entends parler de cette fête merveilleuse ; il paraît que tout le monde est gai, que l'on chante et que l'on s'amuse... et, pendant ce temps-là, moi, je dors... C'est décidé : cette année, je vais **me réveiller à Noël !** »

Tout content, il alla faire quelques
emplettes. Puis, après avoir fait son lit,
Grizzli mit son réveil à l'heure **Noël** et
souffla la bougie.

Il se pelotonna avec
délices sous la couverture.   « Ah !
soupira-t-il en bâillant de fatigue, quelle
bonne idée ! j'ai tellement hâte d'y être...

Bonne nuit, Grizzli, se dit-il.
A Noël ! »

Il s'endormit.

Et les semaines
passèrent…
La forêt silencieuse
semblait endormie,
elle aussi.
On n'entendait plus
que le souffle du
vent, léger pendant
la journée, mais vio-
lent la nuit.
De petits flocons
commencèrent à
tomber, puis des
plus gros, de plus en
plus gros. Bientôt,
toute la forêt dispa-
rut sous la neige.
Elle montait presque
à la hauteur de la
fenêtre de Grizzli.
Il dormait toujours.

Le réveil sonna par une fin d'après-midi d'hiver.
Grizzli grogna un peu. Engourdi de sommeil, il se frotta les yeux et se redressa lentement. Tout à coup, il se souvint : « C'est la veille de Noël ! »
Il sauta hors du lit, ouvrit toute grande la fenêtre et huma du bout de son museau froid la bonne odeur de la neige fraîche.

Vite, il enfila ses moufles, mit son
écharpe et s'en alla au cœur de la forêt.

Il ne fut pas long à trouver un joli petit
sapin bien touffu.

De retour chez lui, notre ours alluma sa
chandelle, et dans la douce lumière,

il décora tranquillement son sapin.
Le soir commençait à tomber.

Tout fut bientôt
prêt. Il accrocha
tout de même une
vieille chaussette en
haut de la fenêtre
–parce qu'il avait
entendu dire que
c'était la coutume.
Après un bon dîner
de Noël, il s'installa
dans son fauteuil
avec une tasse de
chocolat. Il posa sa
guitare sur les
genoux et commença
à chanter, en regar-
dant les reflets de la
lumière jouer sur les
boules du sapin.

Il entonnait son deuxième chant de Noël lorsqu'il entendit quelqu'un frapper.

« Je me trompe, ce doit être le bruissement d'une branche... »

Mais on frappa à nouveau.

Il eut à peine le temps de se lever que la porte s'ouvrit.

« Bonjour l'Ours, j'ai bien froid ! M'offres-tu l'hospitalité ? »

Enchanté de cette visite imprévue, Grizzli s'empressa de faire rentrer le petit homme.
« Quelle bonne surprise ! Mais oui, tenez, prenez ma couverture... Voulez-vous passer Noël avec moi ? J'espère que vous n'êtes pas pressé... Je vais vous préparer une tasse de chocolat, asseyez-vous au chaud près du sapin. »

Bien vite, ils bavardèrent tous les deux comme de vieux amis. Le mystérieux visiteur racontait des histoires, et Grizzli jouait de la guitare. Le réveillon s'annonçait vraiment bien...

Mais il fallut se séparer. Le petit homme se leva car il se faisait tard et un travail urgent l'attendait. « Merci pour tout, ami Grizzli, je me suis bien réchauffé. Je n'oublierai pas cette bonne soirée. »

Grizzli se tenait sur
le pas de sa porte,
pour dire au revoir à
ce drôle de bon-
homme.
Soudain, le petit
homme se retourna :
« Et si tu venais
avec moi ? Tu peux
m'accompagner, si
tu veux. »
Une promenade ! Le
soir de Noël !
Grizzli n'en croyait
pas ses oreilles. Il
attrapa à toute
allure ses moufles et
son écharpe et cou-
rut dans la neige.
Un grand traîneau
les attendait.
Déjà installé dans
le traîneau, le petit
bonhomme se tourna
vers Grizzli, qui
arrivait en courant.

« Saute à côté de moi et cramponne-toi
bien. Tu seras rentré avant le matin, je
te le promets. »

Grizzli étala la grande couverture sur ses genoux.

« En route ! » dit-il.

A peine eut-il prononcé ces mots que le
traîneau se lança dans une folle glissade,
en route... vers le ciel !

Ils s'envolèrent dans les airs, soulevant
des tourbillons de neige dans la nuit.
« Quel joyeux Noël ! Quel joyeux Noël ! »

Grizzli ne se tenait plus de joie.
« Jamais, jamais je ne me suis tant amusé ! Oh, dis, et si on décidait de recommencer chaque année, la nuit de Noël ? »

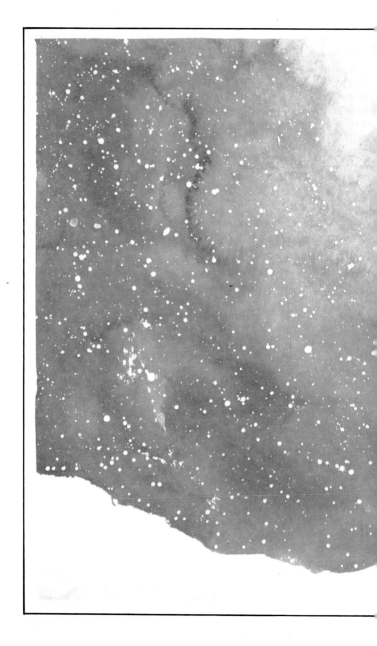

Le traîneau montait
toujours plus haut.
Le visage rond du
petit homme se
plissa... et il éclata
dans un grand rire
joyeux ha ! ha !
ha ! ha !

BIOGRAPHIE

Stephen Gammell est américain. Il a vécu quelques années dans une ferme de l'Iowa, un Etat au nord des grandes plaines des Etats-Unis. C'est en souvenir de ce temps passé à la campagne, qu'il illustra son premier livre : *Il était une fois, Mac-Donald dans sa ferme*. Depuis, il s'est installé dans la ville de Minneapolis et travaille dans son atelier de dessin. Il a publié déjà plusieurs livres, mais *Réveille-toi, c'est Noël !* est son premier album d'images tout en couleurs. C'est aussi la première fois qu'il est publié en France. Stephen Gammell ne sait pas très bien comment lui est venue l'idée d'écrire cette histoire, sinon qu'il aime entre toutes les saisons, l'hiver tout particulièrement, et puis la nuit de Noël, et les bons gros ours : voilà qui est suffisant pour imaginer de belles aquarelles aux couleurs gaies et douces. Sa femme Linda et lui adorent prendre de copieux petits déjeuners après une longue nuit de sommeil... tout comme les ours.

QUELQUES MOTS DIFFICILES

Hospitalité : lorsque l'on offre l'*hospitalité* à quelqu'un, on le reçoit chez soi comme un ami, à bras ouverts en s'occupant bien de lui.

Hiberner : certains animaux, comme la marmotte, l'ours ou le loir, dorment tout l'hiver : ils *hibernent* et se réveillent au printemps.